가을의 전설

가을의 전설

지은이 임소혁
펴낸이 장인행

인쇄 2009년 10월 10일
발행 2009년 10월 15일

펴낸곳 깊은솔
주 소 서울특별시 종로구 구기동 85-9번지 인왕B/D 301호
전 화 02 - 396 - 1044(대표) / 02 - 396 - 1045(팩스)
등 록 제1 - 2904호(2001. 8. 31)

ISBN 89 - 89917 - 29 - 8 03810

값 9,800원

• Printed in Seoul, Korea

영혼의 사진작가 임소혁과 떠나는 지리산 여행

글·사진 임소혁

깊은솔

시집을 엮으며

항상 가슴에 머물러 있는
지리산 생각의 끈을 달아매어 놓는 심정으로
시집 속에 하늘과 별과 달
그리고 바람과 꽃과 나무를 심었습니다.

그러나 마음은 그새를 참지 못하고
영원히 변치 않을 지리산으로
섬진강으로 또다시 달려갑니다.

바람이 강기슭을 벗어나 들판으로 떠날 때나
산언덕을 넘을 때면 늘 노래를 지어 부르듯이
바람을 닮아가려고 언덕에 올라 하늘을 바라보곤 합니다.

저녁놀에 물든 섬진강에서
이별서리 기다리는 자운영 꽃말을 지으며 들판을 쏘다닐 때도
별자리 옮겨가는 반야봉 구상나무 숲에서 노숙을 할 때도
밤새도록 바람이 지어 부르는 노래를 듣곤 했습니다.

바람의 노래 속에는
꽃들의 음성과 별들이 새기는 언어가 담겨 갑니다.
그 곳에서는 계절이 지나갈 때마다
하늘의 언어로 대지의 몸짓으로
때 묻지 않은 초자연의 세계로 이 세상을 이끌어 갑니다.

지난날 화사한 꽃이 놓였던 곳에 낙엽이 쌓이고 흰 눈이 쌓여
가을의 전설이 깊어갈 수록
바람의 노래는 햇빛보다도 가볍게 날리며 더욱 즐거워합니다.
지극히 자연스럽게 산길을 막아서는
머루 다래 가시덩굴이 무성하게 자라나고
비에 씻긴 바람이 스쳐 갈 때면
나무들이 산비탈에 서서 바람의 노래를 곧잘 외웁니다.

곱게 핀 꽃과 잘 익은 단풍잎
인적이 드문 곳에서
저들만의 영혼이 숨 쉬고 있는 천사의 노래가 들려오지요.

가까운 날 지리산에 오르면
푸른 하늘에 시를 쓰고 바람에 날리는 노래를 짓고
별을 바라보며 눈을 씻는 나그네를 찾아 가렵니다.

갈 숲을 울리는 바람 불어 좋은 날
그 곳에서 일곱 빛깔을 띤 환상의 꿈 밭을 건너가렵니다.

차 례

울어미의 산

섬진강

봄비

봄바람

풀잎사랑

가을의 전설

억새꽃

가을

겨울 산

울어미의 산

지리산에서

아득했던 옛이야기 스며오는 아침바람
나목의 숲을 헤집고 일어나는 봄 안개

봄에 들면서부터
뺨을 스치며 잔잔한 기쁨으로 다가오는 평화로움

조으는 듯
봄날에 눕고 싶네.

산 그림자에 가린 피아골에서
뻐꾸기 울음 울리고

그새 문바우등을 넘는 봄바람

은은하고 아늑한 향기 품으며 얼어붙은 대지를 깨우네.

지리산 운해 전경

산의 영혼

우리는 누구입니까

봄날에 눈물 짓 던 애절한 바람 내음
산에서 자란 산꽃더미 진달래입니다.

아침이 올 때 까지
숲에 내리는 가랑이슬입니다.

낮게 풀린 하늘 저 편에서
님이 부르는 봄비입니다.

한줄기 외로운 저녁놀과
눈 덮인 산마루 이름 없는 돌탑의 전설입니다.

 푸르른 날을 노래하며 온 몸으로 향기 품는
꽃들의 기쁨과 흰 눈의 자유로움

산의 영혼입니다.

중산리 계곡에서 바라본 천왕봉 설경

반야봉에서

벽소령을 지나
천왕봉 찾아가는 구름바다 위에
넘실거리는 바람이고 싶네.

온갖 꽃과 풀벌레
텃새들과 수많은 나무들

생생하게 수런대는
숱한 사연 속에 파랗게 물들고 싶네.

칠선골
깊숙한 계곡바람 물보라 날리는 데로
산딸나무 오색의 단풍잎 곱게 접어놓고

밤새 이슬지던 벼룻길 산모퉁이 돌아
써리봉 찾아가는 나그네이고 싶네.

반야봉에서 바라본 천왕봉 운해

일출

새벽이 올 때까지
어둑한 산등을 넘는 회오리바람

깊은 강을 따라가는 산굽이 아련할수록
멀리 번지는 새벽 놀

짙은 산 그림자 속에 잠긴
영혼이 깃든 마법의 시간 속에서
검붉은 태양이 솟아오르고

하늘 가득
조개구름 기지개 펴는 평화로운 아침
스스로 일어 선 생명의 기쁨으로 새 날이 밝아오네.

지리산 일출

산행

가도 가도 끝없는 산행 길에서

바람이고 싶은 날
때 때로 모여서 밤비가 되고 싶은 날

날마다 때 이른 눈물로 하루를 삼고
꼬박 지샌 것은
영혼의 빛 사르는 꿈같은 산행입니다.

짙은 어둠이 산을 감싸 안을 때
더딘 걸음으로
지리산 산허리에 차오르던
기웃한 초승달 저 먼저 떠나가고

새벽 여명에 비친 섬진강과
꿈 사린 듯이 연 이은 산봉우리 너머로
가만히 구름이 펴고 간 하늘에서

아기자기한 옛이야기 고이 묻어주는
먼동이 터 옵니다.

노고단에서 바라본 천왕봉

오도재에서

산에 산에 여울지는 메아리
어디서 들리는지 귀를 기울이면

지지배배
종달새 높이 나는 소리

봄비에 젖은 엄천강 기슭에서
다정스레 스쳐가는 시샘바람소리

지리산도 구름에 가려
아질아질 간지럼 타는 햇빛 속으로
봄소식이 따스하게 들려오네.

백두대간과 덕유산의 원경

산너울

어스름한 새벽을 적시는 이슬바람
가슴 시린 그리운 향기만이 서려있네.

하늘을 닮아 푸른 산
산을 닮아가는 푸른 강

산천을 맴도는 검은등뻐꾸기 울고
헝클어진 가시덤불 속 찔레꽃 향기로운

가도 가도 푸른 산
끝 간 데모를 첩첩산중

먼 듯 가까운 산 너울 가슴 푸는 숨결이여
물끄러미 바라볼수록 더없이 푸르네.

남부능선 산너울

운해

반야봉 일 봉 이 봉
산마루에 걸린 새하얀 운해
흘리어 매듯 흰 띠를 두르고
회상의 골짜기를 건너가네.

바람만 바람만
한신골 바람길 따라가며

대지의 언어로
조각달에 새긴 샛별의 언어로
감미로운 천사의 언어로 노랫말을 지으며
정처 없이 흘러가네.

한신계곡의 운해

지리산 가는 길

맑은 구월의 아침

파란 하늘 속을 한가롭게 건너가는 뭉게구름과
바람결에 흩어지는 풀벌레울음과
초가을 녘에 스며드는 들국화 향기와
천왕봉 산 그림자 그리움처럼 마주앉는

가을 햇살 속으로 달음질 칠 수 록 난 행복했네

천왕봉 전경

섬진강

섬진강(1)

어슴새벽 산 그림자에 가린 침묵의 강에서
희고 차가웠던 강줄기 포근하게 잠긴다.

낯익은 들판 너머로
기다랗게 나서는 강나루
흰 구름 모여들면 자운영 피어나고

보리밭 사뿐하게 밟혀오는
봄바람 무르익을 때면

강을 따라 여울지는 남도 삼백 리
별을 띄워 놓은 여명의 섬진강에서
먼동이 튼다.

섬진강 전경

섬진강(2)

사월이 오면

밤새워 내리는 닻별같이
잔설 속에 고개 쳐든 봄바람
여린 사모의 노래가 들려오네.

풀린 하늘 봄비 같은 진달래
꽃잎에 맺힌 아침이슬 아롱질 때면

섬진강 산골에는

파릇파릇한
봄볕이 어리네.

하동포구

섬진강(3)

내 마음 푸른 웃음 띤 연한 풀빛이 되어
이름 없는 강촌에서 살고 싶다.

모래톱에 누운 채 닻을 내린 작은 쪽배가
한가로운 하루를 졸고

간간이 황소울음 들리는 구석진 산마을에서
촉촉하게 적시는 안개비가 온종일 헤적인다.

물끄러미 바라보던 빗줄기 속에서
여릿여릿
아스라한 향수에 젖는
붉은색 푸른색을 띤 양철지붕이 기웃거린다.

한차례 소나기가 지나간 후에
대성골과 맞은 바래기 백운산을 가리고 있던 새 하얀 운무가
골짜기를 벗어나 옛이야기 번지는 구름이 되어 흘러간다.

섬진강 운해 전경

강기슭 대나무 숲을 지나는 곳에서
아련하여 더욱 그리운 고향에 다다른 나그네처럼
잠시나마 향수에 젖을 때면
강물 속을 깊숙이 들여다보듯이 이내 빠져들 듯이
무리지어 피어나 하늘거리는 매화꽃이 향기롭다.

좁은 여울을 에워 굽던 섬진강
불어난 강물이 하동포구 긴 강둑까지 차오르고

저 만치에서 남해로 따라가던 흰 구름이
어미무덤만한 산등에 걸려 가릴 듯 멈춰 서더니
이내 강물 따라 흰 물결이 되어 수런거린다.

섬진강 연가 (1)

지리산 찾아가는 외 오솔길
섬진강을 따라 가 보라.

누구든 이곳에 서면 시인이 되네.

저녁바람 불어와서 나직이 누울 때면
강물 위에서 반짝 거리며 날리는 까치놀

섬진강 여울목에 민들레 씨 봉오리 같은
바람의 홀씨가 날리네.

물별이 잠든 자운영 텃밭을 따라
남녘에 퍼지는 저녁놀

강 언덕을 넘어 들판을 껴안고
까마득한 하늘에서 타오르네.

여명의 섬진강

섬 진 강 연가 (2)

섬진강이 환히 보이는 억새 숲에서 별이 쏟아지네.

밤 새 두 손 모아 별을 담고
별이 흐르는 강줄기를 따라가는 상상의 나래 속에서

이 밤은 별들도 강에서 살고
아늑한 고향을 찾아가는 별꽃이 피네.

섬진강 낙조

달 밤

옛이야기 흘러가는
어둠의 강에서 눈을 씻는 둥근달

달빛에 젖어 떠도는 숲 향기
깊은 강물에 잠겨
가슴에 고여 오는 달무리

오래 오래 그리워하여 꼬박 잠 못 이루는 밤

언젠가 멀리 떠나 별꽃이 되려는
초사흘 눈썹달 닮은 야윈 그리움만이 쌓이네.

이 밤은 오래 오래 그리워하여

어둠 속에서 보일 듯이 보이지 않는 산이 있었네.
어둠 속에서 잡힐 듯이 잡히지 않는 추억의 강이 남아 있었네.

꽃과 바람 이야기

내가 즐겨 가는 섬진강 언덕배기에서
춘삼월 꽃샘추위에 옷깃을 여미는 샛바람이 불어 올 때면
따뜻한 양지 볕에서 할미꽃, 제비꽃, 애기똥풀, 개불알풀이
털 깃을 세우고
잦은 강바람 속에서 매화꽃이 피어난다.
더딘 걸음 옮기던 산수유 꽃이 세상 구경을 나온 듯이
지리산 산기슭을 가득 메우며 연신 샛노란 꽃잎을 턴다.

이 동네 저 동네 산마을을 어지럽혔던 밤꽃이 질 무렵, 하루
이틀 몇 날 며칠을
어정거리는 장마가 시작 되고 비 장만하던 남동풍이 끝내
장대비를 쏟아 붓는다.

바람결에 나근거리는 들국화 언덕으로 다정스레 익어가는
초가을 벌판
마파람 불 때마다 오곡백과 혀를 빼물며 서둘러 자라고
풀벌레울음 멀리까지 여운을 남기는 소슬바람 속에서 어느 듯
결실의 계절에 들어선다.

깊은 침묵이 흐르는 늦가을 새벽 나절
까마귀들의 비밀한 울음 같은 서릿발 부서지는 된새바람이
불어오고
동짓달 서산머리에서 눈보라 치는 북새풍이 넘어 올 때면
어느새 길게만 느껴지던 한 해가 저물어 간다.

섬진강 낙조

섬진강(4)

뭉게구름 피어나는 강기슭에서 은어가 떼를 짓고
온 종일 반짝거리는 물별과 투명하리만치 색깔이 희고 고운 모래 결로 섬진강은 유명하다.
강물이 여울지는 대나무 숲에서 때까치가 무리지어 날고 초겨울 되새 떼가 찾아 올 때면 강물도 푸름을 더해 간다.
이 땅의 사는 사람들은 일부러 윌 것도 없는, 생긴 모양대로 부르기 쉬운 마을 이름이나 땅 이름을 짓고 살아왔다.
조그마한 논은 궁둥이배미, 장구배미, 징검돌이 놓인 곳은 노딧거리 천수답은 별똥지기, 산나물 나는 곳은 취밭등, 들꽃이 많은 곳은 꽃밭등 이라 부르고
가는 비 묻어오는 골짜기를 우골, 안개골 이라고 불렀다.

오늘도 지리산 산골에서 흘러내린 옛 이야기를 안고서
남도 삼 백리 여울굽이를 흐르는 섬진강은
언제나 마르지 않는 샘물처럼 나를 유혹한다.
이따금 그 강변에서 하릴없이 서성거리며 하루를 보내곤 했다.
순창군 동계면의 장구목에서 여울지는 강줄기 나, 보리 추수하는 농부들이나,

자운영 밭에서 한가로이 풀을 뜯고 있는 누렁이 황소나
모두가 한 결 같이 순박한 표정을 지녔다.
이곳을 지켜 온 사람들도, 삿갓배미 그 작은 다랑치논을 품에 안고 하늘에서 내려 올 비만 우러르며 사는 고단한 삶의 굴레를 벗지 못했어도 결코 비굴하게 살지 않았다.
마음 씀씀이가 지리산처럼 품이 넓고 미루나무처럼 꼿꼿하였으며 바위처럼 변하지 않았다.
가장 한국적인 모습을 띤 섬진강이 아름다울 수밖에 없는 이유이다.

섬진강 재첩채취

봄비

봄비(1)

봄비는 연두 빛 울음

새 싹에 맺히는 빗방울 속에
보슬거리는 봄의 찬가 들려오네.

봄비를 머금고
들판으로 봄 마중 가는 얼레지
연분홍 꽃향기 날리며 연달아서 피어났네.

봄비는 연두 빛 울음

청순하고 수줍은 들꽃 향기
갖가지 소꿉 같은 물감을 풀어 놓았네.

얼레지

봄비(2)

봄비에 젖은 산매화
들녘에서 보슬거리며 나붓는데

숲에서 자란 순이 생각
새 꽃이 피어나고

보슬비는 연신 꽃 속에서 웁니다.

수니야 수니야 꽃 속에서 웁니다.

매화

홍매화

봄비(3)

이 밤에
기지개켜는 봄비 그치면
응달진 풀벌언덕 여남은 잔설 눈물 씻겠네.

이 밤에
꽃눈 잎눈 부풀어 오르는 봄비 그치면
먼데서 불어오는 산골바람
아득했던 봄소식 전해 오겠네.

이 밤에
불 밝힌 황초 불 봄비에 젖어 깜박일 때면
얼음 풀린 섬진강
잠을 깬 은어가 얼굴을 씻고

새록새록 돋아 난 봄볕 꽃송이들
오늘도 내일도 마냥 눈웃음 짓겠네.

쥐오줌풀

솜방망이

떡쑥

봄비(4)

송골송골
푸른 송순 돋는 밤

꿈속을 헤적거리며 내리는 보슬비
촉촉이 적시는 그리움만 쌓이네.

그립다고 말 못하던 왕시루봉
저산 언저리 어느 곳이라도 생각 날 때면
보슬거리던 옛이야기처럼

층층나무 말발도리 생강나무 어울린 숲에서
꽃잎에 맺힌 빗방울을 털며
여기저기서 제비꽃이 고개 짓 하고

반갑다고 안길 듯이
괭이눈 구슬붕이 앉은뱅이
작은 풀꽃들이 눈물짓네.

콩제비꽃

호제비꽃

금새우난

봄구슬붕이

버들강아지

비탈진 데로 나직한 남녘의 들판

간드랑 간드랑거리며
살며시 눈을 뜨는 실버들개지
삼월의 시샘바람 속에서 저 먼저 피어났네.

온종일
보슬비 맞으며 산골을 떠나는 시냇물
덩달아 느릿느릿 졸졸 구르고

실버들강아지
은빛머리 빗으며 상긋이 웃네.

자꾸만 상끗 웃네.

버들강아지

할미꽃

먼별과 이웃하는 이른 봄날

얼음장 풀리는
봄 여울 졸졸 구르고

새 아침
꽃눈에 떨어진 맑은 이슬 같이
밤새 활짝 핀 할미꽃
바라볼수록 속속들이 향기롭네.

엊저녁
별똥별 쏟아지던
별무리 이야기를 하듯이

하루 종일
기웃기웃 새록새록 소곤거리네.

할미꽃

민들레

이웃에서 이웃으로
풀 섶에서 소곤거리는 봄날

여기저기 거친 땅에 누운

샛노란 민들레
새하얀 민들레
봄바람 맞으며 활짝 웃네.

꽃 모양 뛰노는 생김생김
이 생각 저 생각 얘기하면

아득했던 봄소식이 들려오네.

민들레꽃

봄 꿈

봄 꿈 은 애닯네
선잠에서도 온갖 꽃이 피어나고

마주치는 꽃들의 속삭임 반가운 님의 노래였을까.
잠에서 깨어나 눈을 뜨면 아직 깜깜밤중이었네.

때때로 꿈속에서는
구만리 먼 길도 가까이 다가오고
가랑비같이
새근새근 소곤거리는
나직하면서도 다정한 기쁨이 어리네.

금낭화

씀바귀 씨봉오리

민들레 씨봉오리

꿀풀

진달래

흰 구름 피어나는
진달래 언덕으로 불어오는 봄바람

꽃잎을 스칠 때 마다
살며시 안기는 바람 소리에
설레는 봄이 가득 찼네.

연분홍 꽃잎 속에 잦아들던
어제의 산 노을 같은
봄바람이 온종일 살랑거리며 스쳐가네.

춘삼월 봄이 오면 해 바른 언덕에서
다소곳이 고개를 펴는 할미꽃처럼

봄바람에 부친
노랑나비 흰 나비가 되어 날리네.

봄바람에 부친
달래의 이름으로 흩날리네.

진달래

매화꽃

하동포구
무채색 강기슭을 구비 돌며

산바람 들판바람
강바람이 한데 어우러지는 한적한 봄날

매화꽃 언덕에서
나지막이 봄을 노래하며 양떼구름이 모였네.

아침바람에 꽃잎이 날리고
해 바른 봄볕에 꽃잎이 날리고

꽃구름이 피어나는 동안
활짝 날개를 편 새하얀 매화꽃
한참을 들뜬 꿈에 취해 웃음꽃 날리네.

매화꽃

산벚꽃

아지랑이 꽃구름 시샘바람
풀물에 번지는 무르익은 봄날

언제 어디서나
마음의 고향은 봄으로 남아있듯이
한 떨기 봄꿈 곱게 여밀 어 이슬을 달고
고원의 봄을 물들이네.

그리운 님은
가슴이 허물어져도 그리움으로 남는 것
산 벚꽃 연분홍 꽃잎 곱게 여밀 어 추억을 담고
고원의 봄을 물들이네.

산벚꽃

자운영

어렴프시 떠오르는 님의 모습
만지작거리듯이 봄내 나는 그리움

메마른 볼에 연지 찍고

몇 십 년
빈 가슴 적시는 자운영 피었네.

꽃잎에 물든 초사흘 눈썹달처럼
강을 건너가면 기울어 가는 산촌

차마 만질 수 없는
앳되고 고운 꿈의 노랫말 풀어내듯이
언덕 위에 누운 자운영

손 짓 하면
손 짓 하면

하늘 먼 곳
푸른 웃음까지 가슴에 들어와 아른거리네.

오월

오월은
달빛 별빛 꼬박 지새는 계절

저 만치 먼 길까지 꽃향기 풀어헤치고

강나루에 머물러있던 조각배 같은
옛 추억도 새록새록 거리네.

오월은
꽃샘 같은 눈물 나는 계절

좁은 샛길 따라 모여 앉은 작은 풀꽃들
푸른 산에 안긴 듯이 언덕을 넘는 산철쭉

모두들 님 마중 가듯이
입 맞추며 나풀거리네.

철쭉꽃 피는 왕시루봉

봄바람

봄바람(1)

꽃샘잎샘
기지개 펴는 춘삼월

새하얀 매화 꽃잎에 스며드는
아침바람 속에 새 봄이 담겨오네.

잔뜩 풀린 하늘
실눈 뜨는 버들개지
여울지며 구르는 실개천
하늘에서 들판에서 꽃 시샘 날리는 강바람

섬진강을 따라 걷노라면
아질아질 실려 오는 봄소식

매화꽃도 별꽃으로 미소 짓네.

차마
만질 수도 없는 새 봄이 가득 차오네.

매화꽃 숲

봄바람(2)

꽃바람 시샘바람
살랑대는 잦은 봄바람

무작정
봄 길을 따라 나선 듯
동구 밖 실개천에서
옛이야기 꺼 네 놓고 속삭이네.

매화꽃 피는 산골
봄바람 머리에 이고 가는
섬진강 팔 십리길

흰 꽃잎 분홍 꽃잎

숨결 고르는 봄빛 한 줄기 속으로
소곤소곤 거리며 봄날이 가네.

매화꽃 들길

봄바람(3)

아직 봄은 멀게만 느껴지는 화개 강나루에서
냉이꽃 한들거리는 풀벌 언덕을 떠나는 봄바람

살갑게
들판을 휘젓는
꽃 시샘바람 이었다가

하느작하느작
어느새 봄볕에 늘어 진 실바람

지리산 가는 길을 찾아 나서듯이

꼬불꼬불 늘어진 십리 벚꽃 길
쌍계천을 따라 가네.

벚꽃 피어나는 화개 산마을

봄바람(4)

올망졸망
산마을 걸린 들판에서

봄볕에 익어가는
가쁜 한 솔바람

나지막한 앞산을 지나며
보일 듯이 살랑거리네.

올망졸망
산마을 걸린 들길에서

봄볕에 바랜
샛노란 산수유꽃

실개천 따라 졸졸 굴러가네.

산수유꽃 산마을 ▶

봄바람(5)

천왕봉에도
잔설이 마저 녹는 봄이 왔다고

영신봉 고갯마루
맨발로 나선 진달래 꽃
한 낮을 시새워날고

세석평전
산허리를 가득 메운 진달래 텃밭으로
돌아 설 듯 날아가는 알 수 없는 봄바람

산길이 멀어 질수록

한 굽이 두 굽이
아스라한 봄 건너가는 진달래능선
산 끝까지 흔들려가네.

진달래 피는 천왕봉의 봄

산촌의 봄(1)

봄 안개 자욱한 아침

울 넘는 보리밭에서
종달새 시새워날고

산수유 꽃 한 입 물으면
입 안으로
상큼한 봄날이 한 가득 담기네.

빈 밭에 모여 선 꽃다지
어느새 봄의 요정 같은 꽃잎을 물고

산촌의 봄은
실개천 가까운 곳에서 눈을 떴네.

쌍개천의 봄

산촌의 봄(2)

흩어진 풀피리소리 모여드는 산골

겨우내 품었던 애잔한 봄꿈인양
자욱한 보슬비
동구 밖에서 하루 종일 졸고

대나무 숲 울리던 맵고 찬 시샘바람도
냉이꽃 한들거리는
빈 밭에서 가던 길을 멈추네.

움트는 미루나무 가지에 앉아
재잘거리는 참새소리 들려오고
실 눈 뜨는 봄소식 솔솔 불어오네.

돌담장 너머로
얼굴을 내민 샛노란 산수유꽃
마주칠 때면 사뭇 가슴이 설레네.

봄빛이 물그림자 속에도 물드는 산수유꽃 마을

산촌의 봄(3)

차일봉
남은 눈도 마저 녹는 삼월하순

까칠한 들판 봄볕 한 곁에 걸터앉아
무작정 봄을 기다려도 지루하지 않은 것은
항상 찌푸린 하늘 속에서 터 오는 아침을 사랑하고
비에 씻긴 봄바람이 불어오는 날을 좋아하기 때문입니다.

송림을 헤집는 바람결을 타고
찌르레기 맑고 고운 울음소리가
지리산 산등으로 정답게 울려 퍼지는 아침나절

산수유꽃 나부시 날리는 실개천 따라
촉촉한 날개 짓으로 다정하게 불어오는 봄바람
오늘에서야
기쁨과 가벼운 흥분 속에서 산촌의 봄을 맞이합니다.

산수유꽃과 보리밭

꽃 피는 산골

산수유꽃 간드랑거리는 꽃바람언덕에서
샛노란 봄볕이 익어가는 삼월하순

산골의 봄은
어느 곳에도 길을 열어 어서 오라고 보채네.

찬찬한 봄볕이 쓸고 간 초저녁
산수유꽃 늘어 진 돌담길을 따라 가며
쪽을 나눈 반달이
저녁바람에 얼굴을 가릴 듯이 기웃거리고

온 종일
꽃바람 속에서 뛰놀던 봄날의 그리움을
방싯방싯 휘저으며 헤집고 가네.

산수유꽃 돌담길

풀잎사랑

풀잎 사랑(1)

언덕 위에 핀 초사흘 달
바람을 불러 모으면

반딧불이
어둠을 잘게 쪼아 깜박거리며 짝을 짓고
물봉선 꽃잎 속에 별들도 나란히 숨어 잠들고

언덕 위에 핀 초사흘 달
바람을 불러 모으면

시냇가 조약돌 반짝이는 바람
별똥별 흐르는 별 하늘 바람

한 여름 밤의 아련한 꿈 펼쳐가네.

안개 속의 물봉선

풀잎 사랑(2)

푸른 구상나무 잎새 사이로
쏟아져 내리는 금빛 햇살 아침을 담고

피아골에서 스며드는
솔솔 부는 풀 향기 바람
바위채송화 속에 숨은 오솔길바람
산길 따라 돌아 나오고

풀벌레 노래 풀어놓아
새들의 울음 풀어놓아

왕시루봉
깊은 산 속에 예쁜 풀잎사랑 맺혔네.

◀아침햇살 숲

여름 숲(1)

바람에 쓸리는 자욱한 새벽안개
먼 듯이 깜박거리는 반딧불이 졸음

뻐꾹나리 하늘나리
노루오줌 쥐오줌풀
살포시 잠든 다래덩굴 숲에서

다시 돋아 나오는 초원의 빛
나뭇잎 떨리는 짙푸른 산울림

이른 새벽부터 초록바람이 가득 차오네.

뻐꾹나리

노루오줌

여름 숲(2)

숲에 이는 바람은
초록 보따리

산딸기 뱀딸기
발랄한 웃음 알알이 맺히는 아침
산들 산들 다정스레 웃네.

순두류 깊은 바람 골
휘파람새 울던 곳에서 청미래덩굴 성글어가고

새침데기 까치수염
다소곳이 고개 짓하며 웃는 모습 나는 보았네.

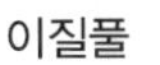
이질풀

까치수염

동자꽃

반딧불이 모여서 속삭이는 밤

달빛에 머문 사연 잊지 못하여
눈물 속에 든 별 가냘픈 동자꽃

먼발치 님 가신 길
꼬옥 감싸 안을 듯이 꽃잎에 물들일 줄은

길섶 위에 고스란히 남긴 그리움 밟고 서서
북두칠성 누워 가는 하늘 끝 하염없이 쳐다볼 줄은

이내 한숨짓는 그리움이여.

안개 속의 동자꽃

제비나비와 동자꽃

초롱꽃

노루오줌 산작약
까치수염 모싯대 초롱꽃
한 입 가득 벌린 무성한 여름 숲

그늘진 풀 섶에 모여선 모싯대
늘씬한 가지에 보랏빛 꽃 종을 매달고
생긋 생긋거리는 모습
온종일 초롱초롱 종을 치며 꽃잎을 나풀거리네.

풀물에 젖은 초록바람도 좋아라하며 산들거리네.

모싯대

작약

숲속의 아침

총총한 잎 새 사이로 쏟아지는 아침햇살
동자꽃에 숨은 제비나비 슬며시 잠을 깨는 아침바람
꿩의비름 기린초 꽃잎에서 새어나오는 꽃향기바람

짙푸른 숲 향기 번지는 팔월의 아침을 여네.

울창한 굴참나무 숲에서
쓰르라미 참매미 합창을 하고

꽃 피고 새들이 노래 부르는 풀잎사랑
아침이슬 속에 가득 맺혔네.

기린초와 흰나비

사향제비나비

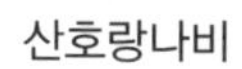

산호랑나비

꿩의비름과 여름어리표범나비

원시림

반야봉 찾아가는 돼지평전
맑은 아침을 여는
하늘 세상에 뭉게구름 피어났네.

산을 오를수록
우거질 대로 우거진 짙푸른 구상나무숲
산들바람이 나뭇잎 끝에서 도란도란 산들거리고

낙엽 진 흙 향기
구상나무 뿌리등걸
무거운 침묵이 흐르는 고사목

바위틈에서 눈을 뜬 별꽃무리 바위채송화
겹겹이 숨결이 스쳐가는 여린 바람소리

두런거리는 초록 내음 향기로워
곱게 바랜 태고의 숲 향기를 맡고 있네.

바위채송화

아침햇살 숲

뱀사골

뱀사골 깎아지른 바위벼랑
쏜살같이 구르는 물소리
이가 시리도록 콸콸 우렁차다.

무너질 듯 빗발치며 흘러내리는 간장소
핑핑 도는 황홀경에 흠뻑 빠져들 때면

돌개바람 띄운 듯이 산목련 꽃바람 날리고
짙푸른 녹음 속으로 하늘이 돈다.

뱀사골 이끼폭포 ▶

원추리(1)

오가다 만나면 발그레 웃음 짓고

어쩔까 몰라서
말 못하고 돌아설 때면

연신 고개 짓으로 고개 짓으로
내 마음속에서 웃는 꽃

아홉산 달뜨기 능선에 안겨 동그랗게 맴돌며
상냥스럽게 나근대는 네 모습에 반하여

여린 꽃술에 입 맞추었네.

왕원추리

원추리(2)

어정칠월
노고단 산마루
초원을 일궈 원추리 모여 섰네.

푸른 시인의 노래 담긴
순박한 달빛을 꽃술에 달고
별을 띄워 놓은 언덕에서 피어났네.

씻기는 하늘
터 오는 햇살이 부신 듯이
살랑이는 잔 바람결에도 웃음꽃 피우고

소쩍새 울 때면
꽃이슬 맺힌 오솔길로 바깥놀이 떠나네.

노고단 원추리 군락

원추리(3)

비가 개인 상쾌한 여름날
문수골에 잠겨있던 운해가 넘실거리며 점점 크게 피어오른다.
무성한 숲을 스치는 바람이 빠르게 날리며 산들거리고
문바우 산등으로 울려 퍼지는 검은등뻐꾸기 울음소리가
한적한 산 녘을 깨운다.
아무도 모르리라고-
소쩍새는 밤새도록 슬피 울었을까?
짙어가는 여름날을 재촉이나 하듯이
밤이 오면 구성진 숲의 노래로, 외로움의 몸짓으로 소쩍새가
울었다.
아- 너 여기 있었구나!
샛노란 들뜸인 양, 아침이슬에 흠뻑 젖은 원추리꽃이
노고단 산마루를 오를 듯이
눈부시게 고운 빛으로 얼굴을 내민다.
숲의 요정이 나부시 내려 앉아 밤 새 별을 모아 놓은 자리에
무리지어 핀 원추리꽃이 평화롭게 숨어 있다.
마치 새들이 울고 있는 모습같이 꽃잎을
또르르 감싸 오므렸다가

밤새 피멍을 삼키며 울다간 소쩍새의 넋을 위해
아침이 오면 샛노란 꽃을 활짝 피웠다.
이른 아침부터 꽃 사이에서 먹이를 찾던 다람쥐가 바위를
뛰어넘으며 좋아라하고
새들의 넋을 찾아오듯이, 벌 나비가 쉴 새 없이
원추리꽃을 찾아 왔다.
여름 숲에서는 신비롭고 경이로운 생명들이 고운 빛과 향기로
이 세상을 아름답게 꾸미고 있다.

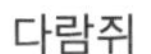
다람쥐

고슴도치

가을의 전설

지리산 가을의 전설-
일곱 빛깔 천사의 노래(1)

그대
고운 모습 그리는 환상의 꿈 밭에서

바람 부는 밤이 오면
눈물 나는 밤이 오면

그리운 님
가만가만 그리워합니다.

등심붓꽃

일곱 빛깔 천사의 노래(2)

그대
고운 모습 그리는 환상의 꿈 밭에서

보일 듯 말듯
먼 별 하늘에서 찾아온 듯

한 올 한 올 곱게 다듬어
긴 꽃 실을 동여 맨 타래난꽃

꽃잎에 맺히는 애잔한 옛 향기
가슴 설레게 하는 한 떨기 추억이려니

그대 모습
먼발치에서도 찾을 수 있는 그리움

자꾸만 숨이 차오네.

타래난초

일곱 빛깔 천사의 노래(3)

그대
고운 모습 그리는 환상의 꿈 밭에서

그리운 날에 목 놓아 부르던 노래일까
봄 동산을 밝히던 조각달의 노래일까

은하수 건너가는 밤하늘
얼어붙은 별꽃이 깜박 일 때면
지새는달도
서 산에서 발길을 멈춰서 듯이

산에도 들에도
숨소리조차도 멈출 수밖에 없는
샛노란 달맞이꽃 피었네.

밤머리재 넘는 시오리길 따라
동이 트는 구석진 산마을

밥 짓는 새벽 연기
가지런하게 번지는 갈 빛 그리움

문득 문득 순이 생각이 나네.

달맞이꽃

일곱 빛깔 천사의 노래(4)

그대
고운 모습 그리는 환상의 꿈 밭에서

별자리 옮겨가는 밤하늘에
가난한 가슴을 묻고

며느리밥풀 애기똥풀 산옥잠 산도라지
개발딱지 노루귀 노루발 노루오줌 동자꽃

모진 비바람 속에서 자라나는
꽃들의 노랫말 지으며
아름다운 세상에서 사는 단꿈을 꾸었네.

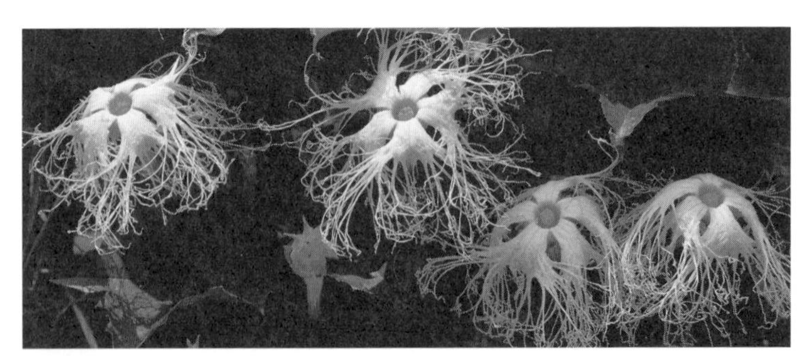

하늘타리

노루발

산도라지

옥잠화

옥잠난

일곱 빛깔 천사의 노래(5)

그대
고운 모습 그리는 환상의 꿈 밭에서

지리산이 생각 날 때면 가을이 오네.

엊저녁 산 너울 기다랗게 놓인 꿈속에서
이슬바람 흩날리며 저물어가던 가을 녘 어스름
세석평전 들국화 벌판에서
부서지는 갈바람 따라 닿을 듯이 넌지시 어려오던 님

갈 길 모르고 떠날 줄 모르던 가을 벌판
그 기쁨 잊히질 않네.

양떼구름 피어나는 가을 언덕

일곱 빛깔 천사의 노래(6)

그대
고운 모습 그리는 환상의 꿈 밭에서

반짝이는 단풍잎으로
빛바래지 않는 바람의 여린 눈으로
묻어나오는 가을은

지리산의
소중한 꿈이 잠들어 있는 울음 보따리였지요.

별을 바라보며 그리움을 담고
별 하나 별 둘 세어가는 가을밤

갈잎 새 가을 숲
소리 높여 부르는 아름다운 날들
가을날에 안기는 해맑은 바램이었지요.

꼬리풀

일곱 빛깔 천사의 노래(7)

그대
고운 모습 그리는 환상의 꿈 밭에서

새벽별에 눈을 씻는 별 바라기 참취꽃
풀벌레 밤새 눈물지어 부르는 가을울음

억새밭에 걸린 달무리도
어느새 별이 되어 놀아 나오고

가붓이 놀던 서늘한 산바람이 달밤을 밟고 가네.

억새숲 언덕

일곱 빛깔 천사의 노래(8)

그대
고운 모습 그리는 환상의 꿈 밭에서

가을이 가려는지

아홉산 산허리 너머로
지새는달 높다랗게 나서고

어제 불던 억새바람 나직하게 가라앉는
낙엽 타는 옛 향기만이 가만 가만 스며듭니다.

밤새워 떠돕니다.

아홉산 운해

일곱 빛깔 천사의 노래(9)

그대
고운 모습 그리는 환상의 꿈 밭에서

이름을 부르지 못한 떠돌이별 같이
님 앞에 이르는 길 아득하기만 하여

그리운 것 위에 놓인 민들레 홀씨처럼
가는 바람결에도 파르르 떨고

천왕봉 위로
허공을 맴돌다 흘러가는 흰 구름만이
스산한 갈 숲에 쌓이네.

천왕봉 운해

일곱 빛깔 천사의 노래(10)

그대
고운 모습 그리는 환상의 꿈 밭에서

밤새 건너오지 못하던 섬진강 여울목

그곳은 창백한 가슴을 파고드는
추억이 돋아 나오는 길

눈꽃 휘날리는 지리산 찾아 가는 외 오솔길

그대를 부르면
금세 달려올 것 같은 그리운 모습 서려오네.

지리산 물그림자

가을의 전설(1)

한 떨기 산유화 같이
낙엽으로 내리는 가을비 같이
엊저녁 유성이 흘러간 곳으로
새털구름이 메아리치네.

떫은 듯 달착지근하고
어느 결에 그윽하고 새큼한 가을향기 같이
잡힐 듯이 잡히지 않는
가을을 찾아 헤매며 멀리 동녘으로 달음질치네.

유성구름 양떼구름 비단구름
비늘구름 뭉게구름 솜구름 새털구름
가을이 지나는 동안 헹가래 치 듯 날개를 펼치고

푸른색에서 남색으로
남색에서 검보라색으로 가을의 전설이 깊어가네.

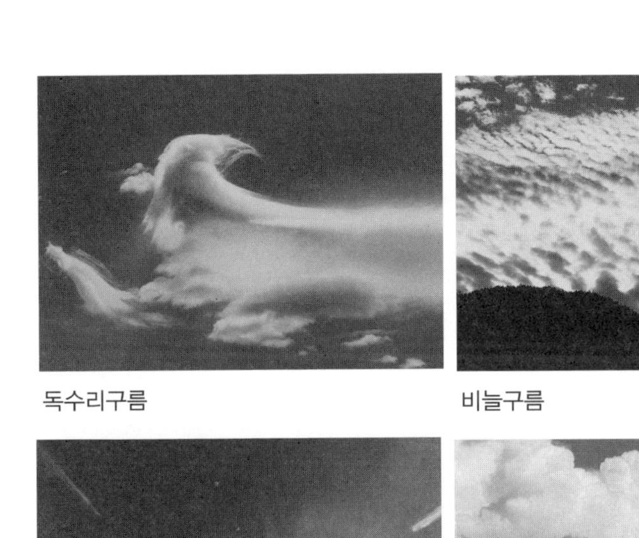

독수리구름

비늘구름

유성구름

뭉게구름

층계구름

솜구름

양떼구름

비단구름

가을의 전설(2)

스산한 찬바람이 가슴을 쓸어내리는 가을 산 녘

들국화 흰 꽃잎을 헹가래치듯이
푸른 하늘 가르는 솜털구름이 빠르게 날며
드높은 하늘에서 성찬을 차린다.

지나가는 산길에서 그새 물들던 갈잎과 갈꽃들
문득 가을하늘 바라보면 생각나는 그리운 모습들
여기저기서 예전에 반기던 환한 미소가 떠오른다.

저녁바람이 세석평전 초원을 가로질러 큰 바위에 내려앉는다.
바람에 날리는 들국화 꽃송이 꽃송이가 들녘의 노래가 되어
들려온다.

제 몸을 털어 새근새근 가을소리를 빚으며
온종일 들녘을 적시는 풀벌레울음이 서러워서라도

피고지고 또다시 피어난 참사랑 같은
갈꽃무리의 속삭임이 서러워서라도

이 가을은 오고 가지를 말아야한다.

여기 풀벌언덕 초원에 묻힌 그리움
결코 빛바래지 않는 바람 찬 날들이 쌓이고 쌓여
가을이 멀어져 가면 갈수록 더욱 그리워질 거다.

높은 하늘과 솜털구름
너른 하늘과 조개구름 비늘구름
그예 들판을 건너가는 갈바람
세석평전 전설바다에서 가을이 일렁인다.
눈에 밟힐 듯이 아른거리며 가을이 떠돈다.

솜털구름

조개(비늘)구름

가을의 전설(3)

노고단에 올라 천왕봉을 바라보면 백리 길도 지척인 듯
가슴에 차서 아른댄다.
하봉 말바위에 서 있을 때면
만산홍엽 빼곡히 들어 찬 칠선골 단풍 숲 너머로
긴 산등을 벌린 반야봉이 아득하다.

시월의 동녘을 타고 바람 찬 날이 돌아왔다.
꿈속에서 조차도 가슴이 아리다 못해 저린 가을을 두고 온 지리산
회상의 늪을 건너 갈 때면 그 하늘이 멀어도 좋다. 아득해도 좋다.
멀찌감치 떨어져 있을수록 자주 가을하늘을 지켜보며 생각에
잠긴다.
산등을 타고 달려 나가는 돌개바람과
갈 숲을 울리는 메마른 바람소리와
갈꽃무리 들국화 그림자가 높은 하늘 속에 새겨져 있지 않은가

푸른 가을 하늘을 바라보면 볼수록
그 하늘에 두고 온 가을의 전설이 멀어도 좋다.
아득하여도 좋다.

중봉에서 본 반야봉

억새꽃

억새꽃(1)

둥근달 눈을 씻는
파릇한 별들이 서 산에서 사라질 때면
억새 풀 섶에 밤이슬 쌓이는 왕시루봉

긴긴날 속 태우던 바람의 노래였을까

달빛에 움츠린 흰 솜꽃

한들한들 떨림은
낱낱이 발가벗은 그리움이려니

새벽달과 별밤
들판바람과 조각구름
옛 이야기 글썽이는 또 다른 이별을 노래했네.

왕시루봉 억새숲과 해남 산군 운해

억새꽃(2)

가을이 오기를 기다려
소슬바람 찬바람머리에서 바람꽃이 피었네.

맑게 갠 새아침
반짝거리는 가랑이슬 구르는 단풍잎

머루 다래 댕댕이덩굴 마파람 타며 성글고
하느작거리며 억새에 고이는 가을향기

머무는 산등에서
지나가는 산길에서도
새하얀 솜꽃의 억새바람 나부끼네.

가을은
그냥 스쳐가는 바람결이었으면 좋으련만
여기저기 사방에서
어쩔 줄 모르게 휘날리는 억새꽃
저리고 아린 가을이 저 만치 가고 있네.

억새꽃(3)

졸린 눈 부비는 새벽 별 사라질 때면
고즈넉이 일어나는 지리산

태풍은 네 곁을 지나며 가을이 왔다고 했네.

가을걷이 억새의 흰 솜꽃
까칠한 가을향기 날리며
희미한 산길에서 연신 나붓거리네.

쓸쓸한 들판바람에 안겨 찰랑대는 모습

산 넘고 물 건너
님의 가을 찾아가는 기쁨의 향기였네.

억새숲

억새꽃(4)

동녘을 타고 가을바람이 불 때면
억새는 강을 닮아 언제나 하늘거리며 춤을 춘다.
억새가 춤 출 때 세상은 가을평화로 가득하다.
억새가 품은 가을향기가 모든 사물을 안아주기 때문이리라.

억새는 땅 위에서 피는 별이다.
밤하늘에서 별들이 초롱일 때
땅 위에서도 그만한 억새들이 별처럼 반짝거린다.

억새는 외로움이다.
누군가 하염없이 그리워 들길에 나서면
저 만치에서 고개 떨 구며, 나 만 큼이나 가을을 타고 있다.

가을향기

섬진강 골안개 스며드는 고즈넉한 가을 산 녘
땅거미가 질 때면 억새 숲에서 실눈 뜨는 초승달
가을바람 날리는 대로 노을에 잠기는 갈꽃과 갈 잎 새
채워지지 않는 그리움을 안고서 가을이 깊어가네.

지리산은 제 몸을 태워
문바우등 불무장등 산등허리를 물들이고

피아의 계곡 우거진 단풍나무숲에 걸린 노래 한 소절
채워지지 않는 그리움을 안고서 가을이 깊어가네.

왕시루봉 억새 가을과 섬진강 골안개

자작나무

자작나무
키를 같이하며 짝하여 서고

은빛으로
은빛으로

나풀거리는 잘 익은 잎새 소리

속살까지 은빛으로 누워 부끄럼 타네.

자작나무 숲

들국화(1)

애잔한 바람의 꽃

구월이 오기를 기다려
저 먼저 피어났네.

다정스레 익어 가는
초가을 벌판에 누워

보일 듯 말 듯 나근대는
함초롬한 고운 맵시

거친 땅에 피어나도
매양 사랑옵네.

산구절초

들국화(2)

가을바람 불어 좋은 날

가랑이슬 아롱지는
그리움 다 벗겨내고
에이도록 흰 꽃 닮은 참사랑으로 살까보아

이슬 먹고 자란 새 하얀 들국화
꽃잎에 맺힌 고운 노래 한 소절
가을이 오는 찬바람머리에서 향기를 날리네.

구절초

쑥부쟁이

들국화(3)

오색 달무리 피는 달뜨기능선
후미진 어둠길에서
시들은 달맞이꽃 작별을 나누고

가을의 전설이 들려나오는 마야계곡
산기슭 기슭에 들국화 피어났다.

쑥부쟁이 구절초야
너의 소중한 이름은 갈꽃이어라
가까이서 부르면
어느새 가을은 꽃잎에서 찰랑거린다.

들판바람 갈바람 빛나는 날에
날리는 대로 좋아라하며 나부끼는 모습

사랑옵다 사랑옵다
해맑은 생각에 잠길 때면
어느새 가을은 가슴에 들어와 찰랑거린다.

쑥부쟁이

들녘의 노래

목마른 갈잎의 노래
바람 타는 산등에서 지새는 달
기약 없는 이별을 남긴 채 어둠 속에 잠겼네.

눈을 뜨면 아득히 멀어져 가고
꿈을 안고 잠들면 다시 만나는 님

산 그리움은
외로움도 슬픔도 아니지요.

부르는 듯한
들리는 듯한

산의 영혼과 함께 일어나는
들국화 그림자 이었지요.

왕고들빼기

산구절초

참취꽃 군락

갈 숲에서

쑥밭재 양지 녘 넝쿨 뒤에
숨은 듯이 매어 달린 청미래 덩굴

알알이 맺힌 가을 한 떨기

반갑다며
눈만 마주치고 그냥 갑니다.

솔솔바람에도 살랑거리며 스쳐가는 단풍잎
한층 깊게 울리는 어름터 계곡 물소리

반갑다며
눈만 마주치고 그냥 갑니다.

청미래덩굴 열매

회나무 열매

가을 숲

가을

가을(1)

누구든 가을 산에 오르면 바람 탈 테지

문득문득 떠오르는 추억에 잠길 때면
왠지 서럽기만 하여서
가을꽃 한 아름 가슴에 맺힌 바람을 타네.

땅을 짚고 일어나 허공에 날리는 낙엽은
다시 타오르는 님의 환상일까

바람 타는 날은
차마 숨길 수 없는 가을이어서

꽃잎을 오므린 용담 꽃처럼
입술을 깨물며 마른 풀 섶 위에 서 있었네.

억새수풀과 해남 산군 운해

가을(2)

향유 꽃 날리는 산을 깨우고
소중한 추억을 여미는 가을날

산내골 언덕을 넘어오는
소슬바람 속에서 노을이 묻어나오네.

갈잎의 고통과 이별을 노래하는
꽃구름이 옛이야기처럼 피어나고

구름장 햇살 사이로
그렸다가 지우고
가까워졌다가 멀어져가며

가을은 애증의 다리를 건너가네.

소나기 구름장

가을(3)

춥지도 덥지도 않은
고즈넉한 가을 산녘

흰 구름 피어나는 언덕에 오르면
마주치는 들꽃 송이들
간간이 끊어질 듯 들려오는 풀벌레울음
도란도란 이야기꽃 피우는
아주 가까이서 익어가는 가을이었네.

사랑의 향기 사랑의 송가 사랑의 기쁨

가을 꿈을 안고 살아온 이 땅의 들국화를 위해
높은 하늘에서 양떼구름 끝 간 데 모르게 물들고

달 별 그리고 소슬바람
모두가 잠들은 사이에
가을비가 내렸네.

산 용담

가을 산(1)

가을이 오면

갈잎으로 조금씩 자라나서
오색 단풍으로 물드는 곳

계절이 지나가는
잎새의 무게만큼 다가가서

그대여
나의 님 이라고 우겨대고

낙엽으로 뒹구는
한줄기 바람과 바람으로 만나서
갈잎의 노래를 부르고

아주 먼 길이라도 찾아갈 때면

방황의 끝에서 상처를 처매주는
가을 산은 소중한 님입니다.

낫날이봉 가을 운해

가을 산(2)

생각만 해도
가슴에서 쟁강대는 가을 산

찾아가면 먼 곳에서 손짓하고
쫓아가면 자꾸만 달음질칠 뿐

잡힐 듯이 잡히지 않는 건들바람 같이

가을은
산 아래 낮은 언덕으로 빠르게 산길을 옮겨 갔네.

뭉게구름 피어나는 촛대봉

가을 산(3)

초사흘 달빛 먼 길에서
깊은 강을 건너가는 저녁놀

한 줄기 햇살처럼
줄곧 서성이던 그리움 말갛게 풀어 놓네.

노을에 물든 가을빛 그리움
이따금 꽃잎에서 흩날리고

산허리에 차오르는 갈 빛 우수
산을 넘는 가슴심긴 바람소리

매양 눈이 시린 낙엽 타는 향기 속에서
이 가을은 애틋한 그리움 남기네.

가파른 산등으로 흩어지는 갈바람
하늘 끝까지 영혼의 눈으로 타는 저녁놀

반야봉
짙은 산 그림자 속에 잠긴

외로운 향기
그리운 향기 찾으며
아주 먼 가을 산을 헤매네.

영혼의 눈으로 타오르는 저녁놀

가을 편지

동녘을 타고
계절이 지나가는 너른 들판에서

향수에 젖는 샛별 같은
소슬바람 불어오네.

쪼르르 구르는 찬이슬과
새벽녘 외롭게 떠가는 새하얀 눈썹 달

반야봉 너머로
별 가득 하늘 가득 그리워하는
바람 타는 날이 또다시 찾아 왔네.

가을이 지나는 동안
다정하고 애틋한 환상의 텃밭에서

계곡을 울리는 물소리
산등에 스치는 갈바람 벗 삼아 앞세우고

소박한 가을의 향연을 차리고 싶네.

하루 이틀 사흘
갈 길 잃고 들판을 헤매고 싶네.

세석평전 들국화 군락

반야봉

낙엽이 흩어지며 날리는
고독한 영혼의 가을빛 그리움
그것은 영원한 가을사랑 이라며
산 노을 속에 잠긴 반야봉과 이야기 하고 싶네.

나풀거리는 억새에게 속삭이려네.
낙엽을 적시는 가을비에게 말하려네.
들국화 벌판을 밝히던 새벽달에게 전하려네.

깊이를 알 수 없는 가을이 고여 있는
반야봉을 바라보고 싶다고

갈 빛 우수에 잠긴 들국화언덕 위에서
들꽃 노래 지어 부르는 뭉게구름처럼

서늘한 가을바람 불어오는 날
반야봉을 찾아 가겠노라고

반야봉 가을 운해

갈잎의 노래

시월이 오면
노을이 묻어 나오는 칠선골

깊어 가는 가을의 무게만큼
소슬바람 속에서 휘날리며 에워싸는 가을향기

푸른 이슬 맺힌 눈시울 인양
소중하게 어루만지고 싶네.

꽃잎 마다 이슬 맺힌 새하얀 들국화
가을볕을 벗 삼아 풀벌에 자리 펴는 이 가을날에

다시 만날 그 날이 오면
말없이 반가운 볼을 비비고

바람 속에 뒹굴다가도 내가 돌아 설 때면
수북하게 쌓이는 낙엽 속에 묻혀 살고 싶네.

낙락장송의 구상나무

지리산
나무들 비탈에 서다

찬바람에 날리는
낙엽 진 계절이 외롭네.

봄여름 가을
숨 가쁜 언덕을 넘어
바람의 날들이 찾아 왔네.

낙엽 위에
맨발이 잘 어울리는 단풍 숲

청량한 하늘
여러 갈래로 포개져
금빛 햇살이 내리고

지난 날 꽃과 풀벌레 속삭이던
아침이슬의 노래 지어 부르며
나무들 비탈에 서 있네.

굴참나무 숲

깊숙한 계곡 가파른 벼랑길

자작나무 구상나무
마가목 고로쇠나무

굳고 힘센 의지로 군락을 이루며
장엄한 침묵 속에서 자라 난
나무들이 비탈에 섰네.

새벽달

자작나무
은빛날개 하늘 향하는
깊어가는 가을 숲에서
멀어져가는 산길을 돌아보는 새벽달

깊은 강을 건너가는 아침햇살처럼
갈길 멀어도 떠나갈 줄 모르는 방랑자처럼
산모퉁이 구석진 어둠을 밝히고
어느새 산등위에서 지새고 있네.

이 가을이 지나가고 있는 동안
해끔 웃음 띤 새벽달 바라보고 있는 동안
하늘 끝까지 그리움이 떠도는
영원한 고향을 찾는 이들이 생각나네.

아지랑이 봄날 같은
어렴 풋 한 기억 속에서 환상의 날개를 펴듯
영원한 고향을 찾아가는 이들이 그리워지네.

섬진강 골안개

왕시루봉

검붉은 새벽놀이 물든 억새밭에서
계절이 지나가는 쓸쓸하고 황량한 초겨울 바람이
산언덕을 넘어 왕시루봉을 스쳐간다.

바람이 불 때마다 길 넘는 풀 섶 위로 낙엽은 흩날리며 뒹굴고
둔탁한 나목의 숲에서 까마귀들의 비밀한 울음소리가 들려온다.
날이 추워진 탓에 잣나무 숲을 지나는 곳에서 거친 서릿발이
부서지고, 새 하얀 새털 같은 억새꽃이 바람이
나부끼는 대로 고개를 내저으며
하늘 위로, 산위로, 강물위로 오랜 세월의 씨앗을 뿌린다.

산그늘에 가린 짙푸른 섬진강과 맞은바라기 백운삼봉
그리고 아스라하게 연이어가는 무등산 모후산 조계산이
이른 잠에서 깨어나, 꿈속에서 항상 내게 남아있던 기다림 같은
출렁이는 남녘의 바다를 가리키고 있다.

깊은 계곡 아래로 빠질 듯이 내려다보이는 한수내 마을
단란한 산촌에서 새벽밥 짓는 새하얀 연기가 아늑하게

피어오른다.
허기진 배 고픔 같은 향수에 기대어 보고 있노라면
고향에 찾아와 안긴 느낌처럼 언제나 포근한 여운이 감돈다.
마음이 지척이면 천리 길도 가깝다던데…….
오늘따라 희미한 안개가 가을이 깊어가는 새벽하늘을 찾아
멀리 달음질친다.

내 곁을 지나간 가을은 풀 섶 위에 별 자국을 새기며
그리움을 남기던 가랑이슬 같기도 하고
세상을 모두 채워줄 것같이 다가와
금세 가을 타는 버릇을 물들여놓고
어느 결에 바람의 흔적만을 남긴 채로 훌쩍 가버린
아쉬운 날들이었다.
억새바람이 쓸고 간 가을의 끝자락에서 오늘도 그리움을 보낸다.

한 차례 또 한 차례 어두운 산그늘을 벗어나며 날이 밝아 왔다.
댓잎이 부서지도록 울부짖는 을씨년스런 섬진강 된새바람을 타고
어느새 지리산에는 첫 눈이 올 것 같다.

세석평전에서(1)

가을바람과 이야기 나누고 싶은 날

갈잎에 떨어지는 햇살이
지난날에 고여 있던
아침이슬처럼 따스하게 느껴지고

기약 없이 남아 있던 그리운 산은
바람에 날리는 갈꽃 속에서 묻어 나오네.

마가목
검붉은 단풍잎이 쏟아지는
영신봉 병풍바위 벼랑에서

이제껏 못 다 부른
작별의 노래가 들려 나오고

황홀하리만치 길게 쌓여있던 가을은
뒹굴며 흩어지는 낙엽 속으로 마냥 달음질치네.

세석평전의 가을

세석평전에서(2)

새하얀 들국화
일제히 나부끼는 흰 물결 흰 꽃 더미

시월의 언덕을 넘어서는 갈 빛 우수
목마른 가을벌판에서 밀려왔다 사라지는 전설바람

가을은 하루 새 자라나고 이틀 새 익어가고

쪽빛하늘 낮게 물들이는 새벽 놀
저마다 쓸쓸한 무게로 가라앉는 낙엽들

고독한 침묵의 가을을 사랑하고 나서야
지리산은 깊은 겨울잠에 잠기네.

산구절초 군락

세석평전에서(3)

씻기는 하늘
터 오는 아침
나뭇잎 반짝거리는 햇살의 눈부심
높푸른 하늘에서 회오리치는 새털구름

세석평전 푸른 초원 위에서
파랗게 물들던 유월의 초록바람 같이
산등을 타고 전설바다를 펼치는 운해와 같이

아주 먼 땅 끝까지 쫓아가는 환상에 잠기네.

세석평전에서 회오리 치는 새털구름

세석평전에서(4)

구월의 세석평전 풀벌에서
들국화가 새 하얀 꽃으로 피어나고
영신봉 산마루에서
조각구름이 가을의 넋으로 진다.

가을날의 하루는
들국화를 피우기 위해 노을이 타 올랐고

노을이 질 때 까지
바람에 날리며 간드랑거리는 갈꽃의 노래

가을이 가면 꽃이 되어 숨지리라
가을이 가면 산에 핀 별꽃으로
그 이름 남기리라.

여기 풀벌 언덕에서 살다 간 갈꽃과
그의 꽃말을 새기는 별밤 하늘과
꽃잎에 밤이슬 맺힌 고귀한 모습을

새벽이 올 때 까지 그리워하노니

너른 고원
꽃 지고 잎 진 메마른 풀 섶에서
별꽃이 고인다.

세석평전 풀벌 언덕

저녁놀(1)

낯익은 들바람
산골짝 너머로 서리는 안개

초원에 묻힌
옛이야기 새겨 가듯이 나부끼는 풀벌

엇저녁 노을은 채 부르지 못한
가련한 노랫말 지었거니

가지런한 산기슭 겹겹이 쌓인 산 메아리
그리워 할 수 록 더욱 뛰노는 봄빛 가슴앓이
너울거리는 운해와 투명한 산 그림자

엇저녁 노을은 채 부르지 못한
가련한 노랫말 지었거니

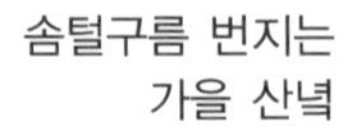

솜털구름 번지는
가을 산녘

저녁놀(2)

푸른 시인의 눈물 같은

투명한 추억이 깃든
가을 하늘 끝 간대로 저녁놀이 타 오르네.

한 점 티끌도 남기지 않는 태고의 어둠 속으로
소슬바람이 기다랗게 불어왔네.

아름다운 미래를 꿈꾸고 살뜰한 소망을 담는
꿈의 고향에 다다른 보랏빛 까치놀 울음이여

마지막 열정마저 태우며 서산머리를 물들이네.

서산머리 까치놀

저녁놀(3)

쓸쓸한
들판 바람에 안겨

목이 쉰 듯 목이 타 듯이
나부끼는 억새풀 섶
까칠한 가을소리가 산 녘을 적시네.

가을이 깊어 갈수록
땅거미가 골짜기로 짙게 스며들고
어둠의 침묵을 안고 불타는 저녁놀

어둠별 가랑이슬 소슬바람
그리고 작별을 나누는 가을꽃무리

모두들
투명한 계절을 노래했네.

억새수풀과 뭉게구름

저녁놀(4)

서산머리에 걸린 저녁놀은 알고 있네.

거친 태풍의 울음이 그치고 나면
며칠째 산을 헤매던 가을의 고운 꿈은
별이 있고 달이 들어있는
단풍이 물든다는 것을~

양떼구름 조개구름
꼭두서니 비늘구름
갈잎을 태우는 황혼의 하늘에서
꽃구름 같은 그리움이 복받쳐 오리라는 것을~

지리산의 가을은
붉은 잎 노란 잎 분홍 잎 새로
끝없이 타오르는 노을의 날개를 달고
저녁놀이 스며든 어둠 속에 깃들었네.

지리산 노을

저녁놀(5)

바람 부는 언덕에서
노을을 기다릴 때면

아득히 들녘에 번지는 저녁놀 소리
그리움 외워 둔 바람의노래 곧잘 불러보았네.

스스로 제 몸을 흔들어 깨우고
자유롭고 싶은 갈망의 꽃으로 타오르는 산 노을

꿈을 불사른 산의 영혼을 위해
황혼이 질 때까지 가까이서 어루만져 보았네.

한줄기 빛으로 내려쬐는 구름장 햇살

저녁놀(6)

어제의 꿈을 태워 비승하는 것일까.

깊이를 알 수 없는
애증의 다리를 건너가는 저녁놀
하늘 끝까지 어둠을 파고들며 타 오르네.

꽃비 같은
그리움이 사박거리며 안겨오는
하루가 저물어가는 침묵의 하늘에서
꼭두서니 물감을 풀어놓은
붉은 노을이 온 세상을 물들이네.

어둑한 섬진강
멀어져가는 강줄기 따라 물별만이 반짝거리고
한참을 지쳐 우는 저녁바람이 강기슭을 스쳐가네.

저녁놀에 물든 섬진강

겨울 산

바람꽃

바람은 나목을 사랑하여

춤추고 노래 부르는
빛나는 날이 찾아와

꽃 지고 잎 진가지 끝에서
얼어붙은 눈송이 바람 꽃 피고

바라볼수록
짙푸른 하늘이 돈다.

굴참나무 눈꽃

고사목

깜박거리는 어둠별 같이
황량한 산기슭에서 눈보라 칠 때면

무거운 침묵으로
창백한 떨림으로
얼어붙은 갈퀴를 세우네.

어둑한 제석봉
가지 틀던 낙락장송 선채로 메말랐어도
영원한 만남을 위해 설야를 밝히네.

폭풍의 계절
어슴푸레한 지리산 전설바다에서
태고연한 모습으로 버티어 서네.

고사목 눈꽃

연하봉 설경

눈송이

새하얀 눈송이
동화 속 산마을에 내려앉는 겨울향기

눈 내리는 밤에
달빛 별빛 눈빛으로 아름다운 꿈꾸며
산은 이윽고 긴 겨울잠에 잠기네.

겨우내
야윈 가슴 채우고도 남을 사랑을 고백하듯이
먼 하늘까지 나풀거리는 눈송이~
새하얀 눈송이들~
고귀한 숨결로 저물어가던 저녁놀처럼
산에 들에 나부끼는 겨울노래였네.

눈보라

철쭉나무 눈꽃

한신계곡 설화

눈 내리는 밤

가슴에 묻히도록
포근하게 눈 내리는 밤

사락사락
밤새워 쌓이는 함박눈 소리

언제였던가
저녁놀 물든 벌판에서

그리움이 앞을 가리듯이
먼 강을 건너오던 그 바람소리 이었나요.

훈훈한 온기 남아있는 옛 이야기
날리는 눈발 속에서 듣고 있지요.

메마른 억새밭 긴 어둠을 씻어내고
차곡차곡 쌓여가는 함박눈

가만 사뿐 내려앉는 님의 향기 이었지요.

잣나무숲 눈꽃과 겨울 운해

설야

어슴푸레 밝아오는 외진 산 구릉

잊혀 진 풍경 속에서
눈빛으로 얼굴 씻는 새벽달

쳐다볼수록
가슴에 들어와 그리움만을 헤적거리네.

푸른 하늘을 가르던 바람의 날들~
흰 솜꽃 나부끼는 억새의 물결과
불타는 저녁놀~
들판에 가득하던 들국화 향기~

그 하늘에 두고 온 가을의 전설이 그리워지네.

노고단 돌탑 설경

노고단 설경

첫눈(1)

환한 불꽃을 밝혀들고 가슴에서 쟁강대는 겨울산행
지리산 백리능선 하늘 끝에서
철새들 같은 자유로운 날개를 달고 첫눈이 내리네.

밤낮으로 에워싸는 창연한 산 그림자

눈감아도 보일 듯이
새 하얀 눈밭에서 일어나는 산 그리움

저 산언저리 아름다운 추억의 향기를 품고
함박눈이 소복하게 쌓여가네.

억새 눈꽃 길

조릿대 눈꽃 길

철쭉나무 눈꽃 핀 왕시루봉 벌판

구상나무 눈꽃 핀 형제봉 능선

첫눈(2)

반짝이는 별들과
들에 피어났던 들꽃마저 숨어버린 세석평전

메마른 풀 섶 위에
부서진 별 자국 같은 눈발이 날리는 날

말 한마디 못하던
가슴에 맺힌 그리움 말갛게 풀어놓고
-첫눈이 올 때까지 기다리던 님의 노래 한 소절~
비틀거리는 영혼의 노래가 들려옵니다.

깊고 깊은 가슴에 새긴 사랑이라며
날리는 눈송이 속에서 님의 모습이 아른거립니다.

죽어서도 잊지 못할 참사랑의 빛 같은 노을을 기다리던
세석평전 언덕배기에서 뒹구는 눈송이 흩어지는 눈송이
추억을 매어달고 휘날리며 쌓이는 첫눈입니다.

곰곰이 생각에 잠겨서 쌓이는 눈송이를 바라보고 있노라면
언제였던가, 첫눈 속에 만남의 약속이 있었을 것만 같은
은근한 그리움이 쌓여 갑니다.
여기저기 사부시 내려와 앉는 눈송이를 맞으며
끝내 먼 산행 끄트머리까지 회상의 늪을 건너갑니다.

작년 겨울 써리봉 능선에서 봉우리를 올라 설 때마다
허공을 움켜잡으며 첫눈이 휘날렸습니다.
얼어붙은 바위벽을 붙잡고 세찬 눈발과 승강이하면서
아주 힘들게 중봉에 올라섰지요.
지칠 대로 지친 몸과 마음은 땅거미 지는 먼 하늘마저 낯설어하고
되돌아 볼 때 마다 진한 고독에 떨고 말았습니다.

재작년 겨울
반야봉을 지나던 보름달 발자국 소리 같은 첫눈이 내렸습니다.
내 혼의 산 그림자 자라나는 겨울 산을 위하여~
잊지 않으려고 외우고 또 되새겨보던 지리산의 영혼을 위하여~
하늘과 땅이 닿을 만큼

지리산 한가득히 흩뿌려도 좋을 만큼 함박눈이 내렸습니다.

백리능선을 타고 처절하리만치 붉게 물들던 진달래와
잇 꽃의 다홍색으로 불타오르던 가을언덕위에서
가슴 에이도록 새하얀 빛으로 피고 또 피어나던 들국화
그리고 아스라한 향수의 강, 평화로운 섬진강 여울굽이와

중봉에서 바라본 반야봉

산 노을 물들어가는 내혼의 반야봉 영원하리라고
지울 수 없는 마음을 흰 눈 위에 새겨 놓았습니다.

고대하고 고대하던 첫 눈은 은혜로운 신의 은총입니다
오로지 순결무구한 영혼을 위한 노래입니다.

눈이 오는 날이면
새로운 세상에 다다른 것처럼 하루 온종일 정처 없음을 노래하고
밤새도록 내 마음 속에 성찬을 차리는 습관이 생겨났지요.
아무 아픔도 모르고 아무 생각도 없이
오로지 추억을 적어놓은 기쁨을 위해 하루를 지냅니다.
들불을 지피며 잉걸불 같은 뜨거운 마음으로 꼬박 밤을 지새우고
맙니다.

겨울 산행(1)

차디차게 얼어붙은 천왕봉 가는 길

한동안 발길을 멈추고 힘껏 소리 쳐 보았지만
되돌아오는 산 메아리가 적막한 산을 깨울 뿐
막막하고 외롭기 그지없네.

금시라도 무너질 것 같은
희끄무레한 잿빛구름에 가리면서
산등에 걸려있던 노을이 힘없이 기울어 갔네.

시도 때도 없는 북새풍에 시달린 탓에
비스듬히 쓰러진 채 길을 가로막는 고사목 숲길
음울한 하늘 맞닿은 에움길에서
어느새 함박눈이 은빛 날개를 휘날리네.

화려했던 가을 날
들국화 하얀 꽃잎을 날리며
가을의 전설을 이야기하던 잔돌고원 벌판에서도

촛대봉 설경

어느 새 한 떨기 눈꽃이 피었네.

귓볼을 울리는 삭풍을 벗 삼아
밤으로의 긴 여행길을 찾아 나섰던
손이 시리고 발이 저린 어느 산 꾼의 고독이 풀려가 듯이
마음속에 이 는 작은 평화와 고요 그리고 자유로움

두 손에 받쳐 든 눈송이 가만히 쥐고서
갈 길을 잊은 채
함박눈이 펄럭이는 하늘을 바라보고 있었네.

겨울 산행(2)

새벽이 오려는지
반야봉에서 이웃하던 별들도 사라지고
어둠이 쌓인 뱀사골 계곡 속으로
달빛마저 기우는 막막한 겨울밤

얼어붙은 하늘에서
자유로운 환상의 춤을 추며 나부끼는 눈보라
앞을 가리며 날려 올 때면
밝은 설야에 묻힌 옛 산행이 생각난다.

어디까지 따라가야 할까.

–털옷에 쌓이는 흰 눈을 털며 오르던 산행 길
그 아련한 멋스러움–

푸른 웃음 띤 추억을 떠올리며
제석봉에서 회상의 늪을 걷는다.

방향을 잃고 회오리치며
장터목으로 스쳐가는 거친 눈보라를 벗어나
눈 위에 발자국 남기며 가는 이 밤은 그래도 정겹다.

미끄러질 듯이 빠지는 눈 위에 누워
달빛 스치는 겨울바람 가만히 쥐어보고
별빛 스러지는 새하얀 눈송이
겨울 꽃 한 웅 큼 가슴에 묻는다.

반야봉 낙조